Bocanadas

Bocanadas

Este trabajo surge del Taller de Novela dirigido por el Dr. Emilio del Carril
Prohibida la reproducción parcial o
total de la obra sin autorización del autor

Bocanadas
© Luis Nieves Valle

Correctora y editora:
Edith Vulijscher (edivul@yahoo.com.ar)
Cuidado de la edición:
Emilio del Carril (emiliodelcarril@gmail.com)
Diagramador:
Eric Simó (ericji28@yahoo.com)
Foto de portada:
Rum and cigar (© Dušan Zidar | Dreamstime.com)

ISBN: 978-1-61887-671-3

Primera edición: julio, 2015
Segunda edición: enero, 2016

Mi primera novela corta, *Bocanadas*,

es también mi primer intento en el mundo de las letras.
Se la dedico a mi familia, a mi esposa Maresa,
a mis hijos y en especial a María Luisa,
quien colaboró en la producción y redacción de la obra.

Agradezco al Dr. Ramón Claudio y
a su esposa Lillian, quienes me instaron a escribir.

Les presento con humildad este proyecto que se gesta gracias
al profesor y amigo Emilio del Carril,
quien me ha llevado de la mano en todo este proceso
que de pronto me ha dado una bocanada de vida.

ÍNDICE

Bocanadas

Capítulo 1

En el patio hay un silencio casi absoluto. Solo se escucha el aleteo de los pájaros. Sí, solo eso. De forma súbita, una ráfaga hace que del árbol de pana se desprenda una exótica y misteriosa hoja seca. Esta cae lentamente alrededor de la terraza y se posa en una butaca reclinable que se encuentra al lado de la piscina —entre sol y sombra de la hora nona— que pertenece a Cornelio García Villalobos. Cornelio es un arquitecto retirado, quien le ha dado setenta y dos vueltas al sol y que, durante ese recorrido, contrajo dos matrimonios y procreó cuatro hijos.

Atardece. En el fondo del patio se ven unos árboles esqueléticos que dejan pasar los rayos de un sol con la anemia característica de su inminente muerte. Cornelio se encuentra descansando en su butaca preferida, al lado de la piscina, fumándose su cuarto puro. Después de haber ingerido su dosis, para nada pequeña, de *whisky*, contempla las siluetas del humo en cada bocanada. Estas le llevan a evocar su pasado. A su edad, todo se convierte en pasado. Inhala tranquilidad, exhala memorias que se pierden con las brisas furtivas de las penumbras.

Papá médico, papá alto, atlético; con ojos azules y pelo rubio. Heredé su fisonomía, su diabetes y su hipertensión. Me contaba de su padre, quien vivía en la calle María Cristina, en Madrid, muy cerca del Museo del Prado, adonde iba a deleitarse con Las Meninas, de Velázquez y La maja desnuda, de Goya. Según él, mi abuelo fue un hombre muy estoico, que vivió en la época de la posguerra, un periodo lleno de represiones causadas por el régimen franquista. Por haber luchado en contra de Franco, lo tuvieron bajo arresto domiciliario. En ese entonces había más presos en sus casas que en las cárceles; eran vigilados diariamente por la

Guardia Civil que no les permitía salir de sus moradas ni recibir visitas. La palabra rojo estaba prohibida. Era una vida precaria, llena de penurias en la que se carecía de los alimentos básicos. La leche era aguada. Había inmensas filas en las carnicerías donde se vendía carne de caballo; aunque todavía más largas eran las del auxilio social. Las calles y los zaguanes siempre estaban impregnados por el olor asfixiante de las frituras en aceite de hoja sin refinar. Era la época en que nada se tiraba y todo se recogía, se reciclaban hasta los recuerdos. Las tuercas y los tornillos se colocaban en frascos vacíos de aceitunas; imperdibles, alfileres y botones, en botellas. Todo estaba organizado como en la mejor tienda fina. Las aromáticas maderas de las cajas de bacalao se guardaban en un paquete para un posible uso en el futuro. Los papeles de periódico servían para envolver los bocadillos y panes, también eran colgados de un clavo en los excusados. No pocos cedían a la tentación de leer alguna parte del periódico antes de usarla. En la mayoría de las provincias apenas se publicaba. Sin embargo, hubo una gaceta, La Codorniz, que muchas veces fue censurada por hablar mal del régimen. A los extranjeros residentes y a los turistas se les hacía una carpeta con todas las actividades diarias desde el primer día de entrada al país, hasta su salida.

En la mayoría de las casas las bañeras se convertían en depósitos de tiestos, que hacían las veces de un huerto familiar, hasta el día en que llegaron los calentadores de gas butano adaptados a las duchas. Casi llegaron con la tele. Para acicalarse, en el baño no faltaba la enorme botella reclinable con colonia Gal. La gente expelía olor a miedo que se mezclaba a la perfección con el olor a sudor avinagrado.

Castigaban mucho el robo, se podía dejar una compra a la entrada de la casa y al regresar en la noche, no faltaba ni un solo huevo, de lo contrario al pícaro le esperaban los azotes en la comisaría. Las mujeres podían salir solas en la noche y no había quién se metiese con ellas, pues los malandros sabían a lo que se exponían. A pesar del ambiente de respeto que se sentía, había mucho contrabando, el estraperlo hizo florecer el mercado negro. Por las calles los transeúntes eran asediados por gitanos y españoles no gitanos. Les ofrecían falsos cigarrillos americanos Chesterfield o Parliament. Los truhanes colocaban en la cajetilla colillas reconstruidas magistralmente y un encintado delicado que era difícil de diferenciar de los cigarrillos verdaderos, pero al encenderlos, parecían fuegos artificiales que te quemaban hasta el bigote. Eran hombres tan tenaces que algunos de ellos te podían vender hasta el mismísimo reloj del Ayuntamiento. Los marroquíes, haciéndose pasar por marinos mercantes, llegaban hasta la puerta de tu casa para ofrecerte retazos de telas de una supuesta espuma de nilón australiana. Decían que eran pedidos especiales, que no encontraban a sus clientes y no podían regresar con los encargos, y que por eso los estaban rematando. Para demostrar su calidad la regaban con benzina, intentaban encenderlas haciendo uso de un falso mechero Ronson, que también ofrecían a la venta, y la tela no se quemaba. Luego la raspaban con un alfiler para demostrar que no se raía; la tiraban al suelo y la pisaban dándole vueltas con los pies sin que se arrugara. Como por efecto de hipnosis, la compraban. Con el tiempo esa tela se enviaba al sastre para hacer con ella un traje a la medida. Al primer aguacero, las mangas y pantalones se encogían hasta llegar a los codos y a las rodillas. A veces siento que a mí la vida también se me ha encogido demasiado.

Las salas de cine no estaban refrigeradas, las personas se refrescaban con abanicos. El mal olor que se alebrestaba en los cines de barrio tenía que ser aromatizado con atomizadores manuales cortesía de una famosa perfumería. Los anuncios comerciales dentro de la tanda eran pintados en lienzos y se colocaban de forma alternada sobre la pantalla. Los bajaban con parsimonia para luego ser seguidos por la proyección del famoso y obligado Nodo, o vocero oficial del gobierno. En el Nodo se mostraban las bondades de Franco. Nadie podía explicar el porqué en el momento en que alguien tosía, se generaba una cadena irrespetuosa de gente tosiendo. A veces el barullo impedía escuchar las películas. La visita al cine se completaba con el daño causado por el humo del cigarrillo que sofocaba, e impedía ver la pantalla. Parecía como si se estuviera en una especie de entrada al infierno.

En España estaban en boga Lola Flores y Sara Montiel. Esas mujeres tenían el poder de entrar en los sueños de los hombres, y de convertirse en la pesadilla de las mujeres.

Los fiambres, sopas y granos que sobraban, se consumían al día siguiente en forma de consomé y majados. Las verduras, vegetales y leches se colocaban en unos cajones afuera de la ventana de la cocina, en donde se conservaban por el frío del ambiente. Había que sobrevivir y eso requería de toda la creatividad y el ingenio posible. Para tertuliar, nunca usaba la casa, siempre un bar o en una terraza de alguna cafetería. Mi padre me decía que la falta de ciertos recursos era difícil, pero que no se comparaba con la ausencia de libertad. La Iglesia se unía al estado para censurarlo todo. A veces hasta respirar daba miedo.

A pesar de toda la austeridad, y con todo el imperio de controles que el gobierno imponía, se podía disfrutar en la tasca del barrio de unos buenos callos madrileños, acompañados de un chato con un pedazo de pan o con una caña. Eran esos pocos placeres los que emergían de los procesos aciagos para convertirse en pequeños milagros sanadores. Se convertía en un acto mágico regresar al hogar con unas castañas calientes en los bolsillos del abrigo para entibiar las manos frías. Ya en la casa, se sentaban alrededor de la mesa que tenía debajo un brasero con carbón al rojo vivo para elevar la temperatura. Un mantel de hilo resistente a manchas cubría las piernas para mantener el calor. Muchas mujeres sufrían de sabañones en las extremidades por el calor intenso, a los hombres los protegían sus pantalones. Todos tenían que retornar al hogar antes de las once; cenar en familia no era negociable. Las clases pudientes la pasaban entre guateques, jaranas, teatros, zarzuelas, toros y fútbol. Al pueblo había que mantenerlo entretenido, según la consigna del gobierno.

Mi abuelo, para poder sublimar su encarcelamiento —había leído que las cartas que no se recibían eran las que no se escribían—, se dedicó a compartir misivas con personas de diferentes lugares del mundo. Eran intervenidas, pero aún así las recibía. Coleccionaba los sellos, y llegó a acumular miles de ellos en cajas de zapatos que apiñaba hasta llegar al techo. Se convirtió en un gran filatélico. Para él, en sus cajas de sellos se compilaba todo el universo.

Tanta era la necesidad que solo tenía un traje oscuro con coderas de piel. Todos los años, para el mes de enero, enviaban la pieza al sastre para que este revirtiera la parte interior del traje hacia afuera, de esta forma lucía "nuevo". Por camisas se usaban pecherines almidonados o de plástico. Estos eran una pieza con corbata adherida, sin mangas ni *espalda, que al colgarse del cuello y ponerse la chaqueta, daba la impresión de ser una camisa recién sacada de la tintorería.*

Mi padre solía decir que mi abuelo amó mucho a su España. Pero él murió a la edad de ochenta y cinco años sin sentir el sol desde su encierro. Morir sin ver el sol es como morir dos veces.

Cornelio abre los ojos, de la tarde queda muy poco. Mira a su alrededor y busca en la memoria la España del abuelo, pero no la encuentra. Entonces vuelve a cerrarlos y trata de escuchar la voz de su padre.

El abuelo tenía un hermano solterón que se llamaba José, quien vivía en el barrio Chamberí. No se casó porque su novia de compromiso se fue con su mejor amigo; entonces juró nunca casarse para poder disfrutar con "una" distinta todos los fines de semana.

Frecuentaba una famosa sala de fiestas llamada Las Palmeras, en la Plaza Quevedo. En el lugar había un hombre apodado Pepe Pata de Palo (PPP). Además de ser viudo y estar solo, durante la guerra había perdido su pierna derecha a nivel de la rodilla por el fragmento de un explosivo. Para colmo, no ganaba lo suficiente para vivir. Tuvo que recurrir a dos íntimas amigas que hacían dinero mercadeando favores sexuales en la sala de fiestas. Mientras, él bailaba su paso doble preferido: El Gato Montés con las prostitutas que llegaban desahuciadas de La Gran Vía, sus amigas trabajaban. Paradójicamente, muchas de ellas de día eran unas nobles señoras. La necesidad económica que tenían, y la falta de oportunidades de trabajo, las hacían recurrir a esa vida. Pepe hacía un solo girando por largo rato sobre su pata de palo como un trompo. Era un gran espectáculo. Había meretrices de todo tipo, hasta desquiciadas con los rostros maquillados de alegrías falsas. Se descontrolaban con la música y con el alcohol. Querían sentir el aliciente temporario de la euforia de una jarana que se esfumaría al amanecer.

Fue en esos tiempos que mi padre quedó huérfano, tenía quince años. El tío José lo llevó a vivir con él y lo inició en las fiestas, a la vez que se iba haciendo médico. Cogían el metro en Quevedo y terminaban sus juergas en una pequeña boîte *en la calle Barquillo donde se encontraba un estudiante de medicina, cuate de mi padre, quien sufragaba sus gastos tocando en el piano sones cubanos, merengues dominicanos y algunas plenas de Puerto Rico. Lo acompañaban sus compañeros de estudio. Estos tocaban palillos, panderetas, maracas y tambores, convirtiendo el gélido centro de Madrid en una acalorada comparsa caribeña. A mi padre le gustaba quedarse a desayunar temprano los domingos en una cafetería con vista al Callao y a la Gran Vía. Disfrutaba del Madrid casi sin tránsito ni caminantes, y con las calles resplandecientes después de haber sido lavadas con mangueras a presión conectadas a los surtidores de agua. En esos momentos entendía mejor el refrán: "De Madrid al cielo".*

El otro hermano de mi abuelo, Saturnino, se exilió en San Juan de Puerto Rico, le pusieron el sobrenombre de "el Gallego". Residía en la calle Tetuán, lugar en el que estableció una importadora de tejidos muy próspera. Pudo, gracias a ello, ayudar económicamente a su familia. A su esposa Susana le sucedió que mientras planchaba durante un día caluroso, abrió la nevera para tomar agua helada, y el frío le produjo una parálisis facial. Tenía la boca virada hacia el lado izquierdo y el ojo derecho abierto con el párpado de arriba que no pestañaba, o sea, todo un espanto. Él se convirtió en ciudadano norteamericano y reclamó a mi papá para que viniese a ejercer la medicina a Puerto Rico. En ese entonces yo tenía cuatro años de haber nacido.

Otra bocanada me lleva a recordar a mi hermosa madre, blanca, con ojos y pelo negros, quien nació en una finca en las afueras de Buenos Aires. Sus padres se dedicaban a la cría de reses y caballos, poseían una estancia en la que había una tarima de teatro en donde presentaban a gauchos apuestos ataviados con sus trajes característicos. Interpretaban tango, malambo, cantos y poesías. Recibían a los turistas que llegaban, preparándoles parrilladas y degustaciones de vinos nativos. Luego les daban un recorrido por la finca y terminaban con una competencia de jinetes. Mi madre era una gran amante de las artes plásticas. Amaba el arte como un abanico que incluía desde la escultura clásica, hasta la pintura surrealista. Le apasionaba el cuadro de Goya El tres de mayo de 1808, conocido como Los fusilamientos de la montaña del Príncipe Pío. El horror expresado en las caras de sus personajes, le recordaba al régimen político que había vivido en su juventud. Fue enviada a estudiar a Madrid, hospedándose en una residencia de estudiantes en Argüelles, muy cerca de una tasca llamada El Laurel de Baco, un lugar muy rústico frente al Ministerio del Aire.

Allí, mis padres disfrutaban y saboreaban vinos, cervezas, una caña: sonrisa, una tapa, un guiño de ojos, jamón de pata negra, un beso, o muchos besos...

Cuando más extasiado está Cornelio, lo interrumpe su hijo Nicanor.

—¡Viejo, despierta! Necesito dinero, tengo que hacer unas gestiones y estoy pelao.

—Qué inoportuno —responde mientras saca un billete de cincuenta dólares.

—Viejo, no sea duro, deme uno de cien.

Cornelio le da el dinero con esa desazón de la rutina cansona y con la esperanza de poder retomar sus divagaciones, porque para él divagar es vencer un poco a la muerte causada por la repetición. A los pocos segundos, el joven se pierde en la posibilidad de una noche de excesos y bebelatas.

Bocanadas

Capítulo 2

Del salón de música emergen tonos y arpegios del repique de una guitarra que toca alguien que le dedicó años de estudio. Es Cornelio, quien llena el ambiente de una vibración emocional, proyectando sus más íntimos sentimientos, recuerda haber leído que la música y la arquitectura tienen que estar siempre al servicio de la libertad. Son estos los momentos en que también se cuestiona el porqué del desamor entre dos personas que se han amado tanto. Ahora no puede recurrir al recuerdo de un pasado. No, para él el presente se compone de la tempestuosa calma.

La historia personal de Cornelio se asemeja mucho a la de su padre, quien quedó huérfano a los quince años y se fue a vivir con su tío José a Chamberí. En su caso, su padre murió de un infarto mientras se ejercitaba. Al poco tiempo, falleció su madre por una complicación quirúrgica cuando él también había cumplido quince años de edad. Es entonces cuando él se marcha a vivir con su tío-abuelo Saturnino "el Gallego", a la calle Tetuán; y su hermana María, a la Argentina, con sus abuelos. Allí ella creció y estudió medicina en la Universidad de Buenos Aires. En uno de sus viajes hacia la finca de su abuelo, tuvo un fatal accidente automovilístico y sus restos fueron enterrados en el panteón de la familia, muy cerca de la de Carlos Gardel. Porque el tango la apasionaba y porque no había una música más perfecta para la pena. La pérdida de sus padres a tan temprana edad, y la separación de su hermana, produjeron en él cicatrices emocionales. Tantas desgracias juntas siempre buscan salida en la tristeza.

El Gallego ayudó económicamente a Cornelio para que estudiara arquitectura en Texas. Y en una de sus vacaciones, mientras hacía incursión en el Álamo en San Antonio, se encontró con quien sería su primera esposa: Rosario Salazar Lórenz, mexicana y estudiante de derecho. Quedó prendado de su inteligencia y de su belleza física mezcla de su sangre mejicana y francesa. Una vez que ambos terminaron su carrera, se casaron y regresaron a Puerto Rico. Aquí nació su primer hijo, Lorenzo (sociólogo), quien se encuentra actualmente en Angola, sirviendo en una ONG; y a su hija, Lucía, monja de clausura, radicada en Alba de Tormes, Salamanca.

Su esposa Rosario no se pudo adaptar a la vida en Puerto Rico. Ella deseaba estar siempre cerca de sus familiares en San Antonio. Problemas, como el alcoholismo de Cornelio, entre otros, crearon una incompatibilidad que terminó en un divorcio después de veinticinco años de unión. Desde entonces Cornelio se refugió en sus deportes favoritos: el golf y la pesca de marlines azules, y a compartir con sus compañeros el dominó.

A Cornelio en su ocaso le preocupa lo poco que le queda de vida. *Me entretengo en pequeñeces, no me da el tiempo para saborear la naturaleza, el mar, ni el cielo con su luna. La rutina diaria inhibe mis sentimientos y no puedo ver las necesidades de los demás. Vivo una vida que no debo vivir, y lo peor es que no sé cómo configurar una nueva.*

Capítulo 3

Un día de primavera, mientras Cornelio bebía, otra bocanada de su habano le trae a la mente el recuerdo de cómo había conocido a su segunda esposa Carmela. De pronto una mariposa se posa en el borde de su bebida. Cornelio le habla como si fuera su esposa:

Aquella tarde al salir de un centro comercial, me encontré en el estacionamiento con una joven muy elegante, y se me hizo difícil quitarle la vista de encima. Eras tú, Carmela. Estabas muy preocupada detrás de tu auto que tenía un neumático desinflado. No sabías qué hacer, no encontrabas a nadie que te ayudara. Me acerqué, te saludé y te ofrecí mi apoyo. Te pedí la llave de tu carro, lo eché un poco hacia atrás para facilitar el cambio de goma, el cual logré después de mucho esfuerzo por ser un día muy caluroso. Quedé agotado. Al mirarte con detenimiento, me quedé impresionado, porque vestías una minifalda que mostraba tus piernas largas y tu pequeña cintura. Tus ojos brillaban admirados de la "hazaña" que hice, quedaste muy agradecida por la ayuda, con una sonrisa difícil de olvidar. Hay sonrisas que nunca envejecen.

Insistí en tener un pronto reencuentro, te entregué mi tarjeta de presentación. La miraste con detenimiento. Me dijiste que irías al día siguiente con tus amigas a la playa de Isla Verde que daba al Hotel San Juan. Nos citamos a las diez. Me encantó tu forma de decirlo y ese tono de voz. El recuerdo del tono de una voz tampoco se ha puesto viejo.

Durante la noche no podía conciliar el sueño pensándote y esperando la mañana para ir al encuentro. Me presenté a la hora indicada, te saludé a ti, luego a tus amigas, quienes nos dejaron solos bajo una palmera. Había un sol que quemaba, bueno, no sé si el calor venía de tu cercanía, Carmela. Llevabas una trusa de dos piezas que mostraba un cuerpo que aceptaba todo tipo de adjetivos positivos. Tu piel, aunque parezca un cliché, era como de porcelana. Tus medidas eran como para desfilar en un concurso de belleza. Yo tenía un traje de baño conservador, pero mostraba mi cuerpo atlético formado por el levantamiento de pesas. Estábamos contentos de estar juntos, porque sabíamos que dentro de un mundo de tantos millones de habitantes, cada encuentro es casi un milagro. Estaba nervioso y sudoroso, creo que entonces puse cara de tonto porque no sabía cómo reaccionar ante tu presencia.

—¿Cómo te fue con tu carro ayer después del percance?

—De maravilla —me contestaste—. Espero no volver a tener que ocuparte, noté que pasaste mucho trabajo con dos de las tuercas.

—Es que no tengo mucha experiencia, pero por ti, cambiaría las cuatro gomas todos los días.

Hablamos de nuestras vidas durante todo el día y disfrutamos mucho del paseo por la playa y de los baños en el mar. Durante este acercamiento notamos el despertar de una química muy fuerte entre nosotros. No podíamos dejar de mirarnos. Sentíamos un deseo grande de estrecharnos y besarnos, pero nos contuvimos guardando recato por ser nuestro primer encuentro. Me confesaste que nunca habías tenido novio. No podía creerte, y no podía creer la suerte de poder ser el primero. Te invité a una merienda en la cafetería del hotel en donde seguimos la conversación y entonces te confesé que era divorciado y que era padre de dos hijos. Lo aceptaste como algo natural. Me preguntabas por mí y por mis hijos.

Te enseñé las fotos de ellos, e hiciste lo mismo con la de tus padres. Luego nos despedimos y acordamos en seguir viéndonos. Regresaste con tus amigas, pero antes me diste tu número de teléfono. A partir de ese día, nos citábamos con frecuencia para ir de paseo, al cine y a restaurantes. Pasaron varios meses y ya no podía vivir sin ti, Carmela. Estabas terminando tu maestría en educación de niños con problemas de *aprendizaje y retardación mental. Con el tiempo, decidí ir a conocer a tu familia. Ellos se oponían a la relación debido a la diferencia de edad. Al final lo aceptaron, permitiendo que nos casáramos en la catedral de San Juan y celebráramos la boda en un hotel de lujo en Isla Verde. La luna de miel fue en París. De nuestro matrimonio nacieron María y Nicanor. No quise que trabajaras, deseaba que te dedicaras al hogar y al cuidado de nuestros hijos. A pesar de que yo decía no ser machista, creo en el patriarcado, y es ahora cuando pienso como Bolívar, que cada hispano lleva dentro a un español, a un negro, a un taíno y a un macho.*

La mariposa vuela. Cornelio calla, mira su casa con detenimiento y cierra los ojos mientras suspira. La casa de Cornelio está ubicada en un campo entre varias colinas. Es moderna y decorada de forma ecléctica. Tiene dos niveles. Fue diseñada por él y un grupo de compañeros arquitectos. La fachada es lineal y predominan los cristales que trasmutan la luz del sol. En la sala hay un cuadro al óleo de Carmela, con traje largo rojo y sentada en una butaca estilo Luis XV. Tiene una pose señorial, y una mirada que parece seguir a los visitantes y custodiar la entrada.

La escalera en espiral que da acceso al segundo piso tiene barandas en bronce y pasamanos de caoba. Hay amplios salones adornados con esculturas y pinturas de artistas puertorriqueños. Los pisos son de mármol. Hay una biblioteca y una cava al lado del comedor. La sala se prolonga con la terraza que da al patio con bellos jardines. Dentro de todo este entorno se encuentra una cocina al aire libre y una acogedora piscina. En el fondo del patio, se levanta una verja que separa la casa, del bosque del que a veces salen fantasmas con acentos exóticos.

En uno de los baños en la parte baja de la casa, hay un botiquín con una caja de seguridad empotrada, en donde Cornelio deposita parte de su dinero y sus joyas. Nadie más lo sabe. Él, por ser arquitecto, está muy arrepentido por no haber dejado espacio para un elevador, pues no pensó en su vejez.

Con cada bocanada de humo viajo al pasado. Lo único que lamento es que no me lleven al futuro para poder ver qué es lo que la vida me depara. Veo pasar por mi mente los años felices de mi juventud, los años de estudio y los momentos en que practicaba mis deportes favoritos. Recuerdo a los amigos que siempre me buscaban para ir de juerga. Los fines de semana venían a mi casa para disfrutar de las fiestas, algo que nos mantenía siempre en comunicación. Ya ninguno me llama para ir de pesca ni jugar golf. No me visitan. Me siento solo, muy solo. No más bohemia ni grandes fiestas, ahora lo único que me queda es el temor al Alzheimer o a que mi familia me abandone en un hogar para ancianos.

Desde su retiro, vive en el primer piso debido a las enfermedades que le imposibilitan subir las escaleras. No tiene intimidad sexual porque padece de disfunción eréctil. A insistencia de Carmela, visita sin mucha suerte a un urólogo. En la mente Cornelio repite la línea de un escritor que decía que un hombre puede fingir cualquier cosa menos una buena erección.

En la primera visita, se establece una buena relación entre Cornelio y el urólogo. Así que sin inhibiciones le explica su problema. El médico lo examina, le envía a hacer todas las pruebas concernientes y le da una nueva cita para recoger los resultados. En la visita siguiente, se llega a la conclusión de que, debido a los hallazgos obtenidos y a sus enfermedades crónicas, Cornelio no es el candidato idóneo para el tratamiento con la pastilla azul, ni para el implante de una prótesis de pene. El paciente no acoge con beneplácito la noticia. El médico le ofrece un artefacto que requiere cierta "instalación", pero después de haberle explicado el procedimiento para su uso, y probarlo por varias semanas, no obtiene los resultados deseados. Así el hombre se resigna a relegar la sexualidad y a pensar en las cientos de probabilidades que había tenido en la vida.

Al principio de este matrimonio le dedicaba muchas horas a su profesión, ausentándose de su hogar casi todo el día. Llegaba tarde todas las noches. Carmela, a pesar de vivir con su esposo y con Nicanor, se sentía sola. Fue entonces que, con el aval de Cornelio, decidió establecer un negocio de cuidado de canes y venta de accesorios que desde que se inauguró ha sido todo un éxito.

Capítulo 4

Al amanecer se observa el florecer de las orquídeas y las gardenias, los árboles reverdecen. El cielo se comienza a irisar de una gama de tonalidades de amarillos brillantes sobre un fondo azul. Se confunden en su trinar el pitirre, el zorzal y los ruiseñores. El picaflor, con su largo pico, saca el néctar de las flores. En la terraza el aroma del habano se mezcla con el de la tortilla, el del jugo recién exprimido de china y el del café. En la televisión, el noticiario matutino repite las mismas informaciones sobre asesinatos y asaltos a mano armada. Es un mundo repetido, el riguroso tedio que se ha convertido en liturgia hueca.

Cornelio le ordena a Benita que apague el televisor. Mientras, Carmela lee el horóscopo y las noticias sociales. Le apasiona todo lo relacionado con lo esotérico y la metafísica. Se hace una carta astral todos los años. Es Escorpio, y reúne todas sus características; para ella el horóscopo es una regla de vida. Ella, con las cartas astrológicas, analiza las cualidades de las personas que recién conoce y las de sus amistades. Su fe es tal que para muchos de sus cumpleaños cruza mares para que su nueva carta astrológica tenga coordenadas diferentes. Acostumbra abrazar un árbol del patio para llenarse de energía.

Benita es la chica de servicio de la casa, es mulata, de pelo grifo, ojos negros saltones y labios gruesos; muy delgada, pero bien proporcionada. El tono de su voz es una mezcla del sonido de una cotorra parlanchina y la risa de una hiena. Camina con una gracia que atrae las miradas. Cuando habla, los vecinos se enteran por el volumen de su voz. Ella no quiere que sepan que es indocumentada. Para ella, ser indocumentada es como un estigma. Ha intentado cambiar un poco su acento, hacerlo más dócil para evitar ciertas miradas maquilladas de repudio y burla. Sabe bien que los prejuicios están en todos. Lleva cinco años trabajando en la casa, y conoce la vida y milagros de todos en la familia. En los últimos tres años ha convivido con Manolo, quien se dedica a la jardinería y a la plomería y da mantenimiento al patio de la casa. El "arréglalotodo" llega temprano en su destartalado Mercedes Benz precedido por la música de la bachata de moda. A él no le importa que sepan que es dominicano ni que es homofóbico.

Carmela, aunque cincuentona y con menopausia luce de treinta. Tiene una mirada brillante y un peinado de moda. Aunque tiende a aumentar de peso porque no puede excluir de su dieta diaria una generosa porción de crema catalana. Lleva una lucha perenne con la dieta para así poder usar la ropa de las tiendas juveniles. Esas tallas menores de seis la atraen. Tiene citas semanales en el salón de belleza. Promulga que la mujer se distingue por las uñas, el cabello bien arreglado, un buen perfume de base cítrica, un bolso y unos zapatos del mismo diseñador. Es muy aficionada a los perros, en su casa tiene un Poodle y un Basset hound que no le hacen gracia a Cornelio. De alguna forma piensa que los perros de ella reciben más caricias que él. Lo peor de todo es que Cornelio tiene razón.

Cornelio, a su edad, tiene una piel tersa. Sus ojos azules están custodiados por párpados abiertos, abultadas cejas y pestañas que parecen abanicar a las ánimas. A pesar del uso constante del tabaco y el alcohol, todavía se ve fuerte. Tiene buenos modales y costumbres y se siente muy orgulloso de ello, porque, según dice, eso no se compra en la botica de la esquina. Su andar es pausado y firme como si tuviera conciencia de cada uno de sus últimos pasos que va dando.

Carmela y Cornelio siguen disfrutando del desayuno. Al rato, Carmela rompe el silencio:

—Cornelio, tengo una cita en el salón de belleza hoy a las once. Llamaré a la agencia de empleos por un handyman que me recomendó mi amiga Tere para reparar el problema de electricidad que tenemos aquí.

—Está bien —responde Cornelio—. No olvides decirle que revise el motor de la piscina.

En ese instante ingresa vociferando Nicanor. Luce sus gafas polarizadas nuevas, las que sustituyeron a un costoso par que vendió para obtener dinero. Tiene veintinueve años. Luce el pelo largo como si hubiera perdido el camino a las barberías. Deja regado el aroma de su perfume que se mezcla perfectamente con el olor a alcohol que sale de su aliento. Levanta la ceja derecha constantemente. Dejó los estudios universitarios por su bipolaridad y está bajo tratamiento psiquiátrico. En la fase maníaca le da por correr sin parar y hacer ejercicios todo el día. En esa etapa habla tan rápido que tartamudea. En la fase depresiva duerme día y noche. Usa estupefacientes. Está desempleado. Tiene tendencia a apropiarse de lo que no es suyo para mantener su vicio. Desde la niñez le tiene fobia a los ratones y a las cucarachas.

—Hijo, qué alegría me da verte —sonríe Cornelio—. No puedo creer que te hayas levantado tan temprano.

—¡No, es que acabo de llegar!

—¿Estás yendo a tus citas con el psiquiatra? —pregunta Cornelio, preocupado.

—Viejo, ¿por qué siempre me preguntas lo mismo?

Dirigiéndose a Benita, Nicanor le ordena:

—Prepárame un jugo de china con mucha azúcar que tengo *munchies*.

—Qué *monchi* ni qué *monchi* —interrumpe Benita—, ¿qué es eso?

—Son ganas irresistibles de comer.

En ese momento Nicanor se le acerca y le pellizca una nalga. Ella brinca. Él se ríe porque, por alguna razón, le recuerda a una yegua en celo; es un pensamiento terrible, misógino y degradante, pero aun así le da cobijo. Benita lo empuja y le dice:

19

—Cuando te coja Mario, te va partir en dos.

A Benita le pasa pronto el coraje y se sonríe.

—Hijo, quítate esas gafas para poder ver tus ojos. Hace tiempo que no los veo.

—¿Y para qué quieres ver mis ojos?

Se quita las gafas de inmediato.

—Los ojos hablan —responde Cornelio—. Al mirarlos me dirán si tú estás triste, alegre o con problemas. Cuando era niño, mi papá me decía que al hablarle, le mirase directo a los ojos para saber si le mentía o le decía la verdad. Las pupilas de tus ojos, cuando las veo dilatadas, me dicen que yo te agrado, y lo contrario cuando se contraen. En la época de Cleopatra, las mujeres hacían uso de la belladona para dilatar sus pupilas y así lucir más bellas. Cuando los ojos se ponen amarillos, algo malo está ocurriendo en el hígado.

—Ay, viejo —interrumpe Nicanor—, tú siempre con tus cuentos. Me voy a dormir. No me molesten. De paso, déjame un par de pesos en la mesa, que esta noche tengo un compromiso.

No puedo creer que la juventud de hoy no sepa enterrar las malas experiencias del pasado para estructurar su futuro. Siento que por mi profesión no haya podido dedicarle más tiempo a mi hijo durante su crecimiento y, sobre todo, en su adolescencia. Delegué mucho en su enseñanza escolar y no en la familiar. En las vacaciones salíamos a explorar otros mundos y me olvidaba de explorar el mundo interno de él. Ahora sufro las consecuencias.

Cornelio le pide a Benita que le traiga sus cigarros y un vaso repleto con *whisky*.

—Ya me voy —dice Carmela, y sale deprisa, tirando la puerta sin darle un beso.

Qué tarde llegó ella a mi vida, o qué temprano me ha arribado el hastío. Ya nada es igual. Esa pasión que sentíamos al principio y ese deseo de estar juntos el día entero, ya no existe. Cómo extraño necesitarla, cómo extraño recordarle a mi piel que está viva.

—Benita, límpiame la butaca, que está llena de hojas secas del palo de pana. Creo que tendré que mandar a talar ese árbol.

Ella termina de limpiar la butaca y él se acuesta. Enciende un tabaco cuando le sorprende una llamada. Es María, para "saludarlo" y decirle que tiene que hablarle sobre un problema económico que se le ha presentado. María es su hija de treinta y dos años. Es blanca, de ojos negros, alta y muy delgada. Estudió leyes y trabaja en un bufete por un sueldo de miseria. Se casó en contra de los deseos de su padre. Su esposo Manuel es un hombre bien parecido, nacido y criado en el campo. Tiene el oficio de saber vivir de su mujer. Está desempleado hace dos años. Ambos tienen atrasos en el pago de la hipoteca y están a un paso del embargo. En los últimos meses intentan conseguir el dinero. Él le insiste a María que su padre les puede ayudar económicamente, ya que sospecha que tiene dinero escondido en la casa.

A veces Cornelio se siente que la casa se lo traga y que solo puede hacerle frente con los cigarros y el alcohol. A pesar de tener su guitarra, los perros y estar acompañado de Benita, echa de menos la lectura. La diabetes le está afectando la visión y ansía que lleguen los fines de semana para compartir con su familia. A veces piensa que perder la visión paulatinamente es como morirse en sorbos pequeños, el problema es que no sabe con exactitud si está vivo o si solo agoniza.

Capítulo 5

$\mathcal{N}$icanor se metió en un lío durante su noche de juerga y excesos. Debe entregar un dinero por el pago de droga. Su vida peligra si no lo lleva al atardecer. Llega a la casa acompañado por Pepe el Elefante, joven que tiene ojos de gato con ojeras de mapache. Proviene de una familia disfuncional. Su madre es alcohólica y su padre consume cocaína. Tiene ocho hermanos menores que residen en una chabola y ha estado preso unas cuantas veces. Su familia se divide entre los que están "guardados" y los que no lo están.

Es de mañana y Nicanor inspecciona cada rincón para asegurarse de que no haya nadie. Los viernes Carmela y Benita acompañan a Cornelio a sus citas médicas. Aprovechándose de esto, Nicanor llega hasta el centro de seguridad, desconecta las cámaras y luego va en busca de su amigo Pepe, quien está esperándolo en la entrada.

—Mira, loco, ¿estás seguro de que no hay nadie en la casa?

—Cómo no voy a estar seguro si rondé ahora mismo toda la casa.

No se han percatado de que Benita tuvo que quedarse en la casa y que en este momento se encuentra en el segundo piso observando todos sus movimientos desde un punto estratégico.

—Pepe, ven acá, ayúdame a llevar esta escultura al carro. ¡Pesa mucho y me va a salir una hernia! ¡Oye! ¿En dónde coño te has metido?

Pepe no le contesta, va a buscarlo y lo encuentra en el baño, con los pantalones y pantaloncillos a mitad de pierna, orinando y reflejado en los espejos. Nicanor se queda asombrado al ver el tatuaje de un elefante en el área púbica y el pene sirviéndole de trompa.

—Ahora entiendo… ¡Acaba y sígueme! A quién se le ocurre un tatuaje así.

—¿Y no se darán cuenta?

—Qué va, chico —responde confiado Nicanor—, lo mismo sucede en los hoteles. ¿No te has fijado que ahora atornillan los cuadros a las paredes? ¿Sabes el porqué? Los huéspedes se roban las pinturas sustituyéndolas por papel de periódico. Las mujeres de limpieza solo se dedican a su oficio y se vienen a enterar a las cuatro o seis semanas de lo acontecido, así que pondré un florero y a ver qué pasa.

—¿Y por qué no te llevas un par de cuadros?

—Se nos va a hacer muy difícil venderlos. Lo de la escultura fue un pedido.

—Y tu papá, ¿posee una caja fuerte?

—Por lo que sé, nunca he visto una en mi casa. Déjame ir al comedor a buscar los cubiertos de plata, por ellos sí nos van a dar un par de pesos. Ve, y espérame en el carro en lo que subo a conectar las cámaras.

Benita, anonadada y perpleja, comenta mientras se mantiene en su escondite improvisado:

—Mejor me quedo callada, ¡que Dios los coja confesao! Esta gente me da miedo.

Capítulo 6

*H*oy Cornelio se ha levantado tarde, se dirige a la terraza y escucha una conversación entre Benita y Manolo. Decide colocarse detrás de una columna, para observarlos sin que ellos lo puedan ver. Benita está enfrascada lavando la terraza bajo el tórrido sol; mientras, Manolo poda los arbustos bajo la sombra de los árboles grandes.

—Esta Carmela se cree que uno es un robot y que estamos en la época de los negreros —exclama Benita—. Son unos malditos abusadores, deja que saque la tarjeta verde y coja las clases de inglé para que sepan quién soy yo.

—Habla bajito que te pueden escuchar y no te preocupes, mujer, que con el tiempo vamos a lograr nuestro sueño de poder irnos hacia Nueva York y allá hacer nuestras vidas más placenteras. Ya verás que dejaremos de ser esclavos modernos.

—Es que nos quieren coger de tontos —responde Benita, exaltada—, son unos vividores. Y el hijo drogo que tienen ya me tiene cansá con sus pellizcos en las nalgas.

—Deja que lo haga delante de mí para que vea lo que le va a pasar.

—Y el viejo este, con la peste a tabaco... Llevo cinco años trabajando y ni un aumento de sueldo. Es un usurero. La verdad que caminan con los codos, no sé qué hacen con los cheles. Estoy aborrecía de esta vaina. Te dejo, oigo a alguien acercarse. Corre, sigue trabajando, que el chavao drogo está por ahí. Te veo ahorita.

Cornelio escucha todo. Se ríe mientras piensa: "La perdono porque la pobre tiene toda la razón". Así transcurre su día entre resignaciones y lamentos.

Son las dos de la tarde y Nicanor, se levanta de una siesta después de haber logrado vender la escultura. Se dirige a la terraza y le ordena el desayuno a Benita dándole un pellizco en la nalga.

—Deje de pellizcarme y de gritarme, dese prisa, que ya es la hora de irme.

—Hazme un par de tostadas, huevos fritos con tocineta, jugo de china y café.

—¿Nada más se le ofrece al señorito?

—Nada más, gracias.

—Hola, viejo, no te había visto —observa Nicanor—. ¿Cómo pasaste la noche?

—Bien. ¿Qué son esas cosas que tienes puestas en las orejas?

—Esto es lo último, viejo. Estoy en un tratamiento de *"detox"*.

—¿Y qué es eso? —pregunta Cornelio.

—Un pana mío de Nueva York, que ya está curao del vicio, me lo recomendó. Es aurículopuntura. También sigo con la ayuda del grupo de apoyo que dirige mi psicólogo. Ya todos mis meridianos están equilibrados.

—¿Y cómo te ha resultado?

—Tengo menos ansiedad y estoy más tranquilo.

—No sabes qué alegría me da al ver que quieres mejorar tu vida —dice Cornelio, emocionado—. Te aconsejo que no dejes el tratamiento psiquiátrico.

—Viejo, nunca es tarde. Ya verás cómo voy a superarme.

Cornelio se sirve otro trago de *whisky* y fuma otro cigarro. En ese momento, suena el timbre de la entrada.

—¿Quién será a estas horas?

Benita abre la puerta y regresa con el padre Juan, quien pertenece a la orden de los franciscanos. Es bajito, regordete y de hablar muy agudo.

—Hola, padre, qué alegría me da verle. ¿A qué se debe su visita sin anunciar?

—Te he echado mucho de menos los domingos —dice el cura, con preocupación—, vine a ver cómo estabas.

—Es que mi estado de salud ha limitado mucho mis salidas de casa.

—Para congraciarse con Dios no hay excusas. Además, podrías confraternizar más con los que te queremos.

—A los que pasamos de los setenta, Dios nos deja hacer lo que queramos, ya mucho hemos vivido.

—Recuerda, Cornelio, que hay que prepararse para la verdadera vida. Hay que seguir siempre por el camino más estrecho para lograrlo.

Cornelio contesta:

—Creo que ya me estoy preparando para mi próxima boda.

—¿Y con quién será?

—Con la muerte y no sé si se celebrará en el infierno —irrumpe en carcajadas.

—Cornelio, esas cosas no se dicen, a Dios no le gusta oírlas.

—Padre, sabemos que no hay quién nos quite la vejez, las enfermedades ni la muerte de encima. Cuando llegue será tan solo para dejar atrás todo lo vivido y comenzar de nuevo. ¿No le gustaría tomarse una copita de vino?

—No me vendría mal —asiente—. ¿Sabías que me han nombrado ecónomo de la parroquia?

—Creo que se lo merece, usted es un gran administrador. Pronto le enviaré mi donación para la iglesia.

—Te pondré en la lista de oraciones para los enfermos.

—Se lo agradezco. Y sepa que no me aparto del camino del Señor.

—Que sigas mejorando —dice el padre, retirándose

Benita lo acompaña hasta la puerta. Mientras piensa:

Si el cura supiera que hace años no voy a la iglesia, me excomulga. Son tantos los ruegos que le hago a mi Dios, y tan pocas las velas que le prendo. Creo que me tiene olvidada.

Bocanadas

Capítulo 7

Al día siguiente en la tarde, llegan Carmela y Cornelio. Ella sube a su alcoba. Cornelio lleva en la mano el acostumbrado bolso que carga cuando visita el banco. Benita se da cuenta de su llegada y se esconde sin hacer ruido; quiere satisfacer su intriga sobre lo que hace Cornelio con dicho bolso. Se imagina que debe de ser dinero, le obsesiona dar con el escondite. Sigue los pasos que lo conducen a su baño. Sigilosa, paso a paso hace silencio. Cuando él sale, Benita percibe el bolso vacío doblado en su mano. Siente que esta es su oportunidad de saber lo que ocurre. Espera un rato, coge su equipo de limpieza, simula que va a limpiar el baño, entra, cierra la puerta con seguro y comienza su investigación. Inspecciona todas las gavetas. Una vez abierto el botiquín del medio, nota que la pared del fondo tiene una apariencia que no es normal comparándola con las del costado, le da unos golpecitos, pero no siente nada raro. Trata de buscar más defectos, pero no los hay. Otro detalle, pero nada. Se queda con la incertidumbre. Sale de inmediato al patio al encuentro con Manolo.

—Creo que hallé el lugar en donde Cornelio guarda los cheles —dice excitada.

—¿Cómo lo conseguiste?

—Vi cuando salió del baño con la bolsa del banco vacía. Entré y encontré que el fondo del botiquín del medio tiene otra textura. Sería bueno que te aseguraras.

—Pienso que el mejor día para hacerlo es el martes después del mediodía, cuando antes de irte le digas a Cornelio que el grifo del baño está dañado, para así tener la excusa de venir a repararlo. No te olvides de desconectar las cámaras de video.

—Así será. No veo la hora de volar juntos a los Nueva Yores.

Capítulo 8

Mientras Carmela se encuentra en el salón de belleza arreglándose el cabello, realiza una llamada a la agencia de empleos y pregunta por el señor Alejandro Pieronni, quien le contesta la llamada.

—¡Hola! Usted me fue recomendado por una amiga. Quiero saber si le es factible ir a mi casa, tengo un problema con la electricidad. ¿Cuándo podría?

—Si no le es inconveniente, podré pasar hoy a las dos de la tarde.

—Muy bien. Anote mi dirección. Lo estaré esperando a esa hora.

Carmela regresa a la casa después de su acostumbrada secuencia de nimiedades. Siempre se encuentra con otras mujeres quienes, al igual que ella, disfrutan gastando el dinero de sus maridos. Se sienta junto a Cornelio, quien está, como casi siempre en la casa, envuelto en el humo de varias bocanadas.

—Conseguí al señor que nos recomendaron.

—Dile que también hay un problema con el motor de la piscina.

En ese momento suena el timbre de la entrada, Benita abre la puerta, y hace pasar a Alejandro. Lo escolta hasta la terraza. Lo mira de reojo y se percata de sus "dotes" en los que incluye unas nalgas fuertes y definidas. También Carmela queda impresionada con su figura y prendada de sus ojos verdes con el párpado del derecho un poco caído. Su pelo rizo y rubio le recuerda al Divino Niño. Cornelio le pide que se presente, que le dé la tarjeta de identidad y la referencia de su trabajo. Al constatar de que sus credenciales están en ley, y sin percatarse de los suspiros agitados de Carmela, le pide a esta que le enseñe todo lo que hay que arreglar. Ella lo hace. El hombre sale un momento hacia su carro, debe buscar la caja de herramientas; mientras tanto, tras sus pasos van los ojos de Carmela.

Él comienza con el motor de la piscina. Como el calor es intenso, le pide permiso a la señora de la casa para quitarse la camisa. Al obtener la aprobación de Carmela descubre su torso atlético. Ella no deja de mirarlo y de pensar en lo bello que es. Se le despierta una gran atracción sexual somatizada con un fogaje en el cuerpo y un palpitar en el vientre. *Lo bueno que sería llevarlo a la alcoba y sentir sus...*

Él termina de arreglar el motor, demostrándole a Cornelio que sí tiene experiencia en su trabajo.

—Vendré mañana para terminar.

Ahora es él quien no le quita la mirada a Carmela. Dos miradas que se encuentran presagian momentos interesantes. Ella, envuelta en un aura de palpitaciones aceleradas, lo acompaña hasta la puerta.

—¿A qué otras cosas se dedica usted?

—Al fisiculturismo y a dar masajes —responde, y agrega—: Usted es la mujer hermosa que está en el cuadro de la entrada.

—Sí, fue durante un concurso de belleza en el que fui finalista.

—Si desea un plan de ejercicios y masajes, estoy dispuesto a hacerlo.

Carmela sonríe, pasa la mano con picardía sobre su pelo y afirma con la cabeza que acepta la propuesta.

—No olvide que también tendrá que pasar por mi negocio a arreglarme ciertos problemas.

—Iré con mucho gusto tan pronto me avise.

Pasa un día. En solo veinticuatro horas para Carmela, Alejandro ya es una necesidad. El "gusanillo" de la curiosidad no la deja tranquila. Decide llamarlo.

—Hola, como le dije, necesito que pase por mi negocio.

—¿Cuándo desea que vaya?

—¿Podría ser hoy a las cinco de la tarde?

—Tengo un compromiso, pero por tratarse de usted, allí estaré.

Cerca de la hora de la cita, Carmela despide a sus empleados, va al baño y se mira al espejo, se maquilla. *Soy mujer, sigo siendo una mujer.* Con el lápiz labial rojo, se pinta sensualmente los labios. Si este labial fuera su lengua... Mientras se perfuma, se desabrocha la blusa dejando entrever sus senos. Siente que no le llega el aire a los pulmones y su corazón late más rápido al pensar cómo sería tener algo más con él.

Tocan a la puerta, se pone muy nerviosa; la abre, es Alejandro. Se miran, y sienten que están imantados.

—Hola —lo saluda con galanteo—. Pase y sígame.

Lo conduce hacia el panel de distribución eléctrica dañado, le explica el problema, lo deja allí y regresa a su oficina.

Alejandro lo inspecciona, encuentra el defecto y lo soluciona. Regresa donde está Carmela.

—Terminé de arreglar el problema que había. Fue sencillo, era tan solo un fusible. Ya todo marcha bien.

—¿Quiere una cerveza fría? Mientras, cuénteme un poco de usted.

Él aprovecha el momento para asumir una pose de galán barato y así seducirla. Se sienta con las piernas abiertas para mostrarle lo generosa que ha sido la naturaleza con él.

Carmela mira extasiada directamente hacia el área. Tiene las pupilas dilatadas. No pestañea, respirar se le hace difícil. Al verla en ese estado, él sabe que la tiene dominada y le contesta con voz suave:

—Mi vida no tiene nada de interesante, pero ya que usted insiste, le contaré algo de mí. Nací en el Bronx, cerca del recinto policíaco. Soy hijo único, de padres italianos dueños de un restaurante en Queens. En mi adolescencia pertenecí a una ganga que siempre estaba en discordia con los irlandeses y los negros. Un día, en una de esas trifulcas, un irlandés salió mal herido y luego murió. Recibí un golpe sobre el párpado derecho en esa pelea, está un poco caído desde entonces, por eso me llaman "el Gacho". Estuve preso y salí absuelto con la ayuda de mis familiares. Mis padres, para alejarme de esas amistades, decidieron mudarse a la isla que tanto les había encantado cuando vinieron a disfrutar de su luna de miel. Actualmente viven en Ocean Park y tienen una pizzería en el área de Condado. No pude lograr un grado universitario, tan solo completé la escuela superior. Todo lo que sé de electricidad y plomería, lo aprendí de mi tío Giovanni. En los últimos años me he dedicado al fisiculturismo y a ser masajista.

Lo que Alejandro no le cuenta a Carmela es que tiene vida de *gigoló* y que se la pasa de fiesta en fiesta y en los casinos de los hoteles de Isla Verde y del Condado. Se da la "buena vida" vistiendo ropa elegante de las mejores tiendas italianas. Al presente está conviviendo con una modelo, quien alega estar embarazada de él.

Mientras cuenta su historia, Alejandro se pone de pie, y se posiciona como un lince al acecho detrás de Carmela. La levanta, y adosándose a ella, la abraza, susurrándole una jerga nueva de gemiqueos mientras la besa en el cuello. Carmela tiembla al sentir que Alejandro la roza. Se siente culpable. Pero en este momento la culpa es solo hermana menor del deseo. Reacciona sacándoselo de encima, recordándole que ella es una mujer casada. Después de un largo silencio, cuando se siente recuperada, le dice que lo perdona y que no se olvide de que faltan unos arreglos por terminar en la casa. Se despiden. Él entiende el perdón como una posibilidad, como una invitación, como la llave para entrar a la "casa" de ella.

Durante una semana, Carmela no puede quitarse del pensamiento a Alejandro. Se siente confusa, hace tiempo que no siente esa amalgama de sentimientos. No resiste la espera y lo llama:

—Hola, quiero que pases por mi casa. Ya inicié la dieta con un nutricionista. Deseo empezar la rutina de ejercicios y los masajes que me prometiste. Por cierto, ¿dónde aprendiste a ser masajista? —pregunta ella.

—Con un médico que estudió acupuntura en China. Me enseñó a dar masajes de tonificación y sedación corporal, además del drenaje linfático.

Entre necesidades recíprocas, las citas entre ellos se hacen cada vez más frecuentes. También proliferan los pretextos para hacer arreglos en la casa. La suerte no acompaña a Cornelio quien, por estar bajo el efecto del alcohol, no sospecha nada, o quizá sí... Es como si el humo de sus bocanadas le pusiera una pantalla de cine en la que solo ve proyectados los recuerdos de España.

Bocanadas

Capítulo 9

*U*na tarde, aprovecha que Cornelio está embriagado en la terraza, decide dejar sus inhibiciones. En la mente tiene el escenario preparado en su alcoba para tener a Alejandro. Ya no puede resistir el contacto de sus manos sobre su cuerpo sin responder a las caricias. Es entonces que le hace gestos para que la siga. Lleva una botella de vino y dos copas.

Él va en dirección a la alcoba, lleva puesta su trusa de baño y sobre sus hombros cuelga una toalla, va pensando en cómo aplicar sus conocimientos en el acto sexual, pues se considera un experto en ese arte. Al llegar a la habitación, ve un ramo de gardenias, lo agarra y comienza a lanzar sus pétalos sobre la cama. Carmela, ajena, se va a cambiar de ropa.

Cuando vuelve, se le acerca, la abraza y lentamente la va acomodando en la cama como quien acomoda a un recién nacido en una cuna. Una vez tendida, se queda extasiado mirando su cuerpo a través de la ropa íntima de ella. Le da masajes de sedación mientras le besa los hombros, el cuello y la boca. Todo él se convierte en un instrumento para hacerla sentir placer. Se posa sobre ella como una mariposa nocturna sobre una dama de noche que ha florecido. Ella estrena orgasmos. Él está sudoroso y jadeante, mientras que Carmela pasa a un estado casi inconsciente, con la cabeza tirada hacia atrás, los ojos en blanco, muy pálida, con su brazo derecho colgando fuera de la cama. Al verla así, Alejandro piensa que se ha desmayado y empieza a hamaquearla por los hombros. Como no responde, le da palmadas en la cara. Al fin reacciona.

—¿Qué me pasa? ¿Dónde estoy? —pregunta aturdida—. Me siento mareada.

Alejandro también se ha quedado sin fuerzas, agotado, recostado sobre Carmela, pensando que nunca antes había tenido esa experiencia y sorprendido del grado de satisfacción que habían logrado. Su celular vibra; lo coge, se levanta y se dirige al baño.

—¿Dónde te encuentras? —pregunta una mujer—. ¿A qué hora piensas llegar a casa?

—Estoy trabajando, no tardo en ir a verte —responde en voz baja—. No puedo atenderte ahora. *Ciao.*

Regresa con Carmela, quien se mantiene queda. Ella lo agarra por un brazo y tira de él con fuerza para acercarlo. Ahora es ella quien toma la iniciativa acostándose sobre él, mordiéndole los labios y el pecho, obligándolo, poseyéndolo. En las faenas amatorias el tiempo se esfuma.

Al día siguiente, Carmela se encuentra en una tumbona junto a la piscina. Piensa en el día en que conoció a Alejandro. *Por mi mente pasan tantas imágenes y fantasías que no me dejan razonar. Cada día él se adentra más en mí. Se ha convertido en mi paisaje, en mi bocanada de pasiones. Me hace sentir como una niña. Desde un principio pensé que solamente me involucraría con él en un romance pasajero. He oído decir que pueden ser los infortunios del destino, o que el dolor y el placer siempre andan de codos. Desde hace muchos años solo siento cariño y respeto hacia Cornelio, sin embargo no podría vivir sin él. La incertidumbre es tan grande entre estos dos amores que solo pido entendimiento para poder salir de este laberinto. Qué insana es la culpa que se mescla con el deseo.*

Capítulo 10

Después del encuentro íntimo entre Alejandro y Carmela, se han convertido en costumbre las visitas de este a la casa. Se quedan solos en la alcoba en donde siempre predomina el olor de las gardenias frescas y el de decenas de velas aromáticas que sirven de custodias al fragor de las caricias apasionadas entre ellos. Alejandro conoce la debilidad de Carmela por los mimos y caricias. Aprovecha esto para pedirle favores económicos. El dinero lo usa para sufragar los gastos de su novia, quien tiene "afición" por los juegos de azar. Durante las visitas, acosa a Carmela con preguntas sobre la posición económica de su marido, indaga sobre el seguro de vida que tiene, las propiedades y sus valores. Lo hace de una forma sutil para que ella no sospeche. Constantemente le repite el plan que tiene para que en el futuro puedan estar juntos sin que nadie se interponga en la relación.

—Tu marido está muy débil de salud, le somete mucho al alcohol. Podría tener un accidente fatal en la piscina —le dice—. En la fiesta de cumpleaños que pronto le vas a celebrar, podemos provocar un accidente, y que se caiga a la piscina. Le colocamos sus cigarros y bebidas cerca del borde y luego yo intento salvarle, así los vecinos notarán nuestras buenas intenciones.

—Alejandro, quizá soy una adúltera, pero no una asesina. No sé si podríamos ser felices bajo el precio de una muerte.

—Claro que sí, amor mío, lo único que importa es nuestra felicidad estando solos. Sé que puedo darte todo el amor que necesitas. ¿No entiendes?, es por él, lo que lleva ese hombre no es vida.

Carmela se queda pensativa. Lo mira y lo compara con la polilla que solo deja rastros cuando ya no hay remedio. Se dirige hacia la terraza y lo deja solo. Alejandro recibe una llamada. Se levanta del lecho y se va al baño.

—¿Se podría saber en dónde estás y por qué no me contestas rápido?

—Dame un momento, estoy en la casa del Sr. García y voy de salida —responde con calma y añade—: ¿Quieres que te lleve algo de comer?

—No, gracias. Ven pronto, sabes que no puedo vivir sin ti —se dirige de nuevo hacia donde está Carmela y esta le dice con picardía—: Ven, acuéstate de nuevo.

—Tengo que irme. Siento no poder quedarme contigo, el tiempo nos traiciona.

Se abrazan y se despiden con un beso. Carmela se consuela pensando que quizá alguien tiene que morir para que ella resucite.

Capítulo 11

Llega el llamado "viernes social", Carmela y su hija están dando los últimos toques a la celebración del cumpleaños de Cornelio. Los familiares, amigos y vecinos más allegados han sido invitados para reunirse a partir de las siete de la noche. Será una fiesta con motivos mejicanos, incluyendo los entremeses, la comida y un mariachi de los que tanto le gustan a Cornelio.

Cuando se ha ocultado el sol, se puede sentir el aroma del habano y de la comida. Llegan los invitados, quienes son recibidos por Carmela y sus hijos. Alejandro es uno de los últimos en presentarse, todos dirigen las miradas hacia él y luego hacia Carmela. Ella pregunta entre dientes:

—¿Por qué esa actitud? —se siente aludida e incómoda.

Le parece que la gente presente. En el ambiente se escuchan las conversaciones con sonidos de vasos y copas chocando. Todos ríen, disfrutan de la gran hospitalidad de los anfitriones. Los meseros merodean en sus uniformes. Cargan bandejas llenas de copas de champán y vino. Las mesas están engalanadas con impecables manteles blancos. En el centro, una fuente surte un cóctel de tequila y limón. El rojo y el verde predominan en la decoración. Todo acontece bajo el sonar de las guitarras y el cantar de los mariachis. La música se esparce y alegra el ambiente.

Cornelio está muy feliz de poder compartir de nuevo con sus amigos y celebra bebiendo *whisky* a su gusto. Se escucha el sonido de una copa, es Carmela quien la hace sonar dándole con un tenedor para llamar la atención y dirigirse a sus invitados.

—Les doy las gracias a todos por haber venido esta noche a celebrar el cumpleaños de Cornelio —expresa esbozando una gran sonrisa—. No saben lo bien que nos sentimos al compartir con todos ustedes. Aunque algunos vivimos tan cerca, son pocas las veces que disfrutamos juntos. Esperamos seguir celebrando por muchos años este acontecimiento.

¡QUE VIVA CORNELIO!, aclaman todos. Aplauden, ríen y comienzan a cantar y a bailar. Cornelio se levanta y nota que sus cigarros están en una mesa fuera de su alcance. Va en su busca, tambaleándose y aguantándose en la pared. Cuando está a pasos de lograrlo, resbala en una baldosa aceitada. Cae en la piscina. Todo el mundo mira. La música cesa abruptamente.

Alejandro va al rescate; se tira a la piscina. Sacan a Cornelio de la piscina. Él tose y expulsa agua. Luego respira profundamente y con la ayuda de Alejandro, se pone de pie. Riéndose dice:

—Estoy bien, no se preocupen por mí. Hacía tiempo que no me metía a la piscina.

Los invitados sonríen.

—¡Que continúe la fiesta! —exclama Carmela—. Después de la cena cantaremos el feliz cumpleaños y partiremos el bizcocho.

La jarana se prolonga hasta la madrugada.

Capítulo 12

El incidente del cumpleaños se ha olvidado. Todo sigue igual. Cornelio acostumbra reunirse los domingos con su familia para disfrutar de la terraza, de su cocina y de los chapuzones de Carmela con sus hijos en la piscina. El día irrumpe primaveral: soleado y fresco.

La primera en llegar es María, junto a su esposo Manuel.

—¿Cómo estás, papá?

—Feliz. Qué bueno que llegaron temprano.

—¿Cómo le va a usted, don Cornelio? —se acerca Manuel.

—Ay, hijo, ¿cuántas veces te he dicho que no me trates de don? Ya eres de la familia.

—¿Y mamá? —pregunta María.

—Fue a la iglesia, dijo que regresaría pronto.

—Tampoco veo a Nicanor.

—Sigue durmiendo —suspira—, llegó de madrugada. Pasemos a la terraza, allí está Benita marinando las carnes.

—Benita, ¿cómo estás? —dice María—. ¿Y Manolo?

—Cansada, el día ha sido bien afanoso desde que me levanté. Manolo está de lo mejor, loco por irse a vivir a los Nueva Yores.

—Ay, chica —ríe María—, no hay nada mejor que vivir en esta islita del encanto, ¿no crees? Además, cuando vivían en la República Dominicana pensaban que Puerto Rico era el Edén.

—Sí, pero en el trabajo no hay mejora, está difícil y los cheles no rinden.

—¿Me lo dices a mí? Manuel lleva dos años sin trabajo y no consigue por ningún lado.

Cornelio aprovecha y le pregunta a Manuel:

—¿Qué planes tienes para mejorar tu situación económica?

—Estoy por abrir un restaurante, pero la burocracia que hay le quita a uno las ganas de seguir tratando.

María aprovecha que su papá está en el tema económico, y le pide que la acompañe a la biblioteca. Una vez allí, se sientan y le cuenta sobre su problema.

—Estoy a punto de que me embarguen la casa —le comenta asustada—. ¿Tú crees que puedas facilitarme el dinero?

—¿Y qué medios has buscado para solucionarlo?

—Si te cuento no vas a creer la cantidad de sitios a los que he ido a buscar ayuda. Todas las puertas se me han cerrado. Estoy desesperada no hallo solución al problema.

—Por el momento, el dinero que tengo en el banco no está disponible, lo invertí en un certificado de depósito y no puedo usarlo hasta dentro de un tiempo. Pero tengo otros medios para ayudarte.

Es tanta la alegría de María que, con lágrimas en los ojos, lo abraza y le da las gracias. Cornelio coloca su brazo sobre su espalda, y la conduce de nuevo a la terraza.

Poco después llega Carmela de la iglesia.

—¡Qué dice mi familia! Hija, qué bien te ves —dice, mientras la arropa con un abrazo—. Vamos a disfrutar de unos buenos asados y vinos. Pondré las papas y el pan al horno.

—Me haré cargo de la ensalada y del postre —dice María.

—Yo de la barbacoa, que me quedan las carnes como para chuparse los dedos —agrega Manuel.

En ese instante entra Nicanor, desperezándose como un gato; lanza besos al aire.

—Esto es lo que más quiero en el mundo. Una hermana como esta no se consigue todos los días. Viejo, voy a la cava a buscar los vinos que a ti te gustan.

—No es mala idea.

María se acerca a su mamá, quien se encuentra colocando unos arreglos florales en la sala.

—Mamá, has bajado mucho de peso. ¿Cómo lo lograste?

—Estoy a dieta. He bajado dos tallas. Hago aeróbicos y natación, además tengo a un entrenador que me ayuda a tonificar los músculos con masajes.

—No me digas que es el galán italiano buen mozo del que ya me han hablado...

—Sí, ese mismo: Alejandro —responde Carmela, con voz nerviosa.

—Tus ojos brillan cuando lo nombras.

—No, hija, es que ya no tengo tantas tensiones; además, él es muy agradable.

—Papá, mira qué guapa está mi mamá. Parece una sílfide.

—Sí, lo sé. Podría pasar como hija mía.

Transcurre una hora de charlas y esparcimiento en la que la familia intenta aparentar que son funcionales

—¡Ya están las carnes! —grita Manuel—. Benita, por favor, trae una bandeja para servirlas.

Se sientan a la mesa, cerca de la piscina, para disfrutar de la comida, de la buena música y para compartir entre ellos. Cornelio descorcha una botella de vino, llena su copa y la eleva, invita a todos a unirse al brindis.

—Brindemos por la unión familiar, y para que el futuro nos traiga mucha salud y felicidad. Choquemos las copas para que participen nuestros oídos —y evocando a Séneca, dice—: El vino libera al alma de la esclavitud de la pena, y siempre recordar que tanto con el vino, como con la libertad, es necesaria la moderación.

—Yo disfruto mucho de los asados —dice María—. ¿Y tú, Nicanor?

—Prefiero las paellas valencianas.

Manuel cuenta:

—Esta reunión familiar me hace recordar mi juventud en la pobreza cuando vivía en el campo junto a mis doce hermanos. Nos reuníamos todos los domingos para comer el acostumbrado arroz con pollo en el que la carne estaba casi ausente. Era el único día en el que podíamos disfrutar de agua con hielo. Vivíamos a dos horas del pueblo. Uno de mis hermanos iba en bicicleta a buscarlo. A su regreso, hacíamos una guerra por la última pizca de hielo antes de que se derritiera. Éramos muy felices.

Es una tarde muy amena. Hablan de los problemas personales de la familia, además de cómo el calentamiento global afectaría el futuro ambiental de nuestra isla y sus litorales, de la energía renovable y de cómo se acelerará el final del mundo con la extinción de las abejas. Cornelio añade:

—Creo que nos espera un futuro nefasto y estoy esperanzado en que se construyan nuevas estructuras arquitectónicas adaptadas a nuestro sistema ecológico. Somos un país tropical que construye como si fuera un país frío.

Nicanor hace alarde de su cartera de chistes. Disfrutan de varias botellas de vino y celebran el postre. Entre tanta alegría forzada, llega la noche. María y Manuel se despiden, Carmela abraza a Cornelio, le da un beso en la frente y sube a su alcoba. Cada escalón le recuerda algunos de los momentos que ha vivido con su marido.

Capítulo 13

Ha pasado el tiempo, las visitas de Alejandro cada vez son más distantes, al igual que las llamadas telefónicas. Esto hace que Carmela entre en un arranque de celos que la lleva a una depresión y a consultar a un psiquiatra en secreto. Comienza un tratamiento para la ansiedad que incluye tranquilizantes para conciliar el sueño. Sí, de pronto sus sueños se han desvanecido, son nada. La euforia de una vida nueva ha sido sustituida por la siempre maloliente resignación.

Carmela se encuentra flotando en las nubes, perdón, más bien deambula en una cumbre borrascosa estando junto a Cornelio. Disfruta de varias copas de vino que ha mezclado con sus medicamentos. Está envuelta en una toalla, sin nada más. Se ha sentado en la falda de su esposo, lo besa, y Cornelio acaricia el cuerpo de ella, de esa ella que ha llamado por años su mujer.

—Te amo desde toda la vida, soy tuya.

—A ti también te he amado siempre.

Se acuestan sobre el diván.

—Sigues siendo el hombre de mi vida.

Al llegar al clímax, escucha lo que le parece un coro de ángeles, está muy agitada, mira a su alrededor y ve que está sola en la cama. *Creo que las pastillas para dormir no me están haciendo nada bien.*

Carmela se levanta temprano y se dirige a desayunar. En la terraza, como parte de la decoración, se encuentra Cornelio. Se dan los buenos días. Ella le da un beso en la mejilla. Es el mismo beso de siempre, sin ningún aliño nuevo. Es un beso rancio. Él le pregunta por qué se ve tan pálida y ojerosa.

—No pude dormir bien anoche —responde Carmela, decaída.

—Ve al médico.

—Ya lo hice, visité al doctor Abreu y me encontró en buen estado.

Si Cornelio supiera...

—¿Verdad que tú nunca dejarías de quererme, Cornelio?

—No sé por qué lo dices.

—¡Ay, Cornelio, es que tú no me entiendes!

También mi primera esposa me decía lo mismo: que no la entendía. Alguien dijo que la vida se repite dos veces.

Carmela se siente obligada a buscar una respuesta. Está intrigada, no sabe el porqué Alejandro está tan distante e indiferente. Extraña mucho sus caricias y mimos. Decide buscar ayuda, además del psiquiatra, con una amiga de su madre que se dedica al espiritismo. Quizás las ánimas... Pacta una cita y termina en un lujoso apartamento de Condado. Llega bajo una tormenta de relámpagos que parece estar sobre el edificio. Las consultas se hacen en el balcón. Desde el que se observa el paso del mar con sus corrientes extrañas.

Carmela es recibida por un gato persa que le mueve el rabo con elegancia. Poco después llega doña Petra, sesentona, alta y delgada, toda de blanco, y con collares multicolores. Ha enviudado tres veces y se dice que sus maridos duermen con ella todas las noches. La primera vez fue con un electricista quien muere por una descarga eléctrica en su casa mientras arreglaba un cable; su segundo esposo, quien gustaba de la pesca, se ahoga en un lago cuando se volcó su bote, y el tercero era dueño de una carnicería y muere atragantado por un trozo de carne cuando disfrutaba de una cena en un restaurante junto a ella. Todos murieron aproximadamente a los cuatro meses de casados. Ahora la mujer tiene a un enamorado, Pancracio, quien quiere seguir de novio y no casarse, por si acaso.

—¡Ven, mi niña! —exclama la mujer, emocionada—. Te estaba esperando. No sabes la alegría que me da. No te veía desde que eras pequeña. Te pareces mucho a tu mamá. Sé que estás preocupada. Toma asiento.

Carmela se acomoda frente a una mesa con tapete blanco. Hay una bola de cristal y unas barajas españolas.

—Relájate —le ordena Petra—, y con tu mano derecha divide las barajas en tres y piensa en lo que quieres averiguar.

Carmela obedece y sigue las instrucciones.

¿Por qué Alejandro estará así conmigo? ¿Tendrá otra mujer? ¿Dejó de quererme? De qué hablo, de seguro solo quería aprovecharse de mí.

Petra recoge las cartas y las va tirando una a una sobre la mesa. Las observa cuidadosamente mientras exhala humo del tabaco. Luego pasa el cigarro sobre su cabeza.

—Dicen las cartas que estás bien de salud y que estás esforzándote para ponerte en forma. Sigue así, veo que tendrás una larga vida. Has tenido mucha suerte, nada te faltará. También me dicen que tu matrimonio está pasando por una crisis, te recomiendo que lleves pronto a tu marido al médico, veo que tendrá complicaciones de salud. También te sale un príncipe a caballo entre la reina y el rey.

—¿Qué significa eso?

—Que tienes un enamorado detrás de ti. Parece que te han hecho un trabajo espiritual para que te sometas sin peros y por eso estás cargando con un muerto.

—¡¿Cómo va a ser eso?!

—Sí, mi niña, alguien te quiere hacer daño.

—¿Cómo me quito ese muerto de encima?

—Hay que hacer un trabajo de cementerio, pero yo no lo hago. Te puedo recomendar a un santero, aunque sé que te va salir cara la jugada. Recuerda que si los santos piden, hay que darles y si haces el santo mucho más.

El ambiente se siente pesado, Carmela se halla más confundida y sin fuerzas se despide de Petra, mientras el gato le acaricia las piernas, es entonces cuando se encamina bajo una densa niebla hacia su casa. Del cauce del delta emana un olor a mar y a río.

Pasan varios días. Ella se cuestiona. La incertidumbre, la frustración, el miedo a mirarse como es, a reconocer que después de tantos ejercicios, el espejo muestra a una mujer marchita por dentro.

Carmela decide visitar al santero que le recomendó Petra para que le leyese los caracoles. *Espero que este me diga algo más, porque no sé qué voy a hacer con mi vida. Necesito que me saquen ya a este muerto que llevo encima.*

Llega a casa del babalao, después de haber recorrido una zigzagueante carretera con gigantescos helechos en los bordes. Al llegar a su destino, siente el cacareo de gallos por todas partes en el patio. Toca a la puerta y la recibe un hombre blanco, de baja estatura, con melena hasta los hombros. Sus ojos verdes tienen una mirada penetrante. Carmela siente miedo.

—Soy Diego —se presenta el hombre—. Por favor, entre, quítese los zapatos, deje sus cosas encima de esa silla, y sígame.

Carmela, muy inquieta, lo sigue a un cuarto de madera que tiene ocho esquinas. Tiene un altar para cada santo con las comidas favoritas de cada uno; sin mobiliarios, solo una alfombra roja en medio.

—Siéntese sobre la alfombra, por favor, y cierre los ojos.

Carmela obedece. Él saca los caracoles de una caja, los frota en las manos, canta en algún dialecto, y los arroja sobre la alfombra. Carmela entreabre los ojos, quiere ver lo que el santero está haciendo. De repente ve que Diego entra en trance, y sus ojos se ponen en blanco. No sabe si la estaba mirando a ella o al techo. Ella desconoce que el santero, a la edad de cinco años, padeció de meningitis y que desde entonces sufre de ataques de epilepsia y que en ese momento, sufre uno.

El santero se repone. Con voz lúgubre, y mirando hacia los caracoles, le dice:

—Veo luto en su familia. Hay una conspiración — dice con certeza y añade—: Alguien quiere quitarle su dinero, no ceda. Su esposo la quiere mucho y tiene en mente cosas buenas para usted. Hay una mujer embarazada que le traerá muchos problemas y discordias. El que se interesa en su dinero le mandó a hacer un trabajo en el cementerio.

Diego respira profundo, sale del trance y sin encomendarse a nadie, se dirige a Carmela con voz autoritaria:

—Para desmarañar ese trabajo, exijo el pago adelantado de quinientos dólares. Carmela se queda atónita, no está satisfecha porque aún no sabe el motivo del alejamiento de Alejandro. Está asustada y más confusa, no sabe si pagar por el nuevo servicio que le ofrece el santero, y tras un silencio piensa… *Ya no hay nada que perder.*

La mujer le paga lo convenido y se despide. Regresa con el ánimo decaído a su casa. Ella sigue inconforme con los pasos ya dados y es entonces que decide pedir ayuda a un investigador privado.

Carmela está desesperada. Temprano en la mañana consigue lo que busca: un detective privado con oficina cerca de su casa. Llega a la agencia de investigadores. La recepcionista le presenta al investigador Ramírez.

—Tome asiento. ¿Quiere una taza de café?

—No, gracias. Me produce taquicardia.

—¿En que podemos servirle?

—Es que quiero salir de dudas sobre una persona. No sé lo que está haciendo últimamente y me interesa saberlo.

—Dígame usted todo lo relacionado a la persona a quien quiere investigar.

—Se trata de un amigo mío, se llama Alejandro Pieronni Ragazzi.

—Me tiene que dar la información personal, incluyendo una fotografía y decirme los lugares que él frecuenta.

Carmela le entrega una foto y toda la información con lujo de detalles. Llegan a un acuerdo financiero por el servicio.

—¿Y cuándo obtendré los resultados de la investigación?

—Este trabajo nos tomará de una a dos semanas —dice luego de meditar un momento—. Debemos ultimar todos los detalles que a usted le interesan.

Carmela se despide diciendo:

—Haga todo lo posible.

Al día siguiente, de camino al salón de belleza, Carmela se enfrenta con una monja de la caridad. Se miran a los ojos, la monja sonríe y le entrega una estampilla con la imagen de san Antonio, que en su parte posterior lleva escrito: "Deuteronomio 18: 10-20… No consultarás a magos ni a hechiceros…".

Mientras va leyendo, su corazón comienza a latir de prisa y piensa en los sitios que ha visitado recientemente. Se siente arrepentida. *No sé el motivo de lo que me ha sucedido.Siento una energía interna que envuelve mi mente, es como un apego, un vicio que no puedo controlar.*

Mientras tanto, Cornelio sigue con su rutina diaria, disfrutando del *whisky*, de las bocanadas de sus puros y de los recuerdos de la Madre Patria.

Capítulo 14

Es martes trece de septiembre. La mañana está encapotada por un cielo gris que causa tristeza inmediata. El polvo del Sahara hace que el día esté brumoso. El clima le afecta los pulmones y le hace daño a Cornelio. Al fondo del patio, los árboles, quizá influidos por los cambios climatológicos, se están cambiando de abrigo. Benita se encuentra espantando pájaros negros que se posan sobre las sillas en las mesas de la terraza. Nunca antes habían llegado. Carmela, con un periódico enrollado, está tratando de pegarle a un abejón que zumba alrededor de ella. En la televisión, las noticias de los asesinatos, atracos y asaltos de todos los días, hacen que a Cornelio se le ericen los pelos. Hoy, sin que se lo haya pedido, Benita le ha traído la botella de *licor* y la caja de puros. Nicanor, para sorpresa de todos, durmió anoche en la casa. Hoy se ha levantado temprano. Se acerca a Cornelio, lo abraza, le da un beso en la mejilla y le pide la bendición. Cornelio se sorprende y se alegra. Se acuerda de la felicidad que sintió cuando su niño había nacido. Como hacía cuando era niño, él se sienta en silencio al lado de su papá para verlo desayunar. De pronto suena el celular de Cornelio, es María.

—Papi, ¿cómo te encuentras?

—Estoy mejor que nunca, me siento como si estuviese caminando sobre una alfombra de pétalos de rosas. Para lamentos, está el cementerio —afirma Cornelio.

—Échame la bendición, tú eres el mejor padre del mundo.

—Te bendigo, sabes que te quiero mucho. Recuerda lo que te dije, espero que pronto me des un nieto que se parezca a mí.

María no le contesta.

Cornelio queda intrigado, pues ella solo se comunica con él los fines de semana. Benita le trae el desayuno. En el plato principal sobresale un trozo de la tortilla que tanto le gusta al anciano. El perro de Carmela, con el que nunca se ha llevado bien, se acuesta sobre sus pies y rehúye a salir de allí a pesar de que él lo empuja.

Carmela, después de desayunar y de leer su periódico, se acerca a Cornelio y le dice:

—Hoy pienso regresar temprano, espérame despierto para cenar juntos.

Lo abraza y le da un beso en los labios. Él le responde con otro. Se miran fijamente. Cornelio le dice: "No todo ha muerto".

—Hoy es mi tarde libre y Manolo me dijo que vendría para arreglar el grifo del baño —dice Benita.

Tengo que desconectar las cámaras.

—Le voy a dejar su cena predilecta —prosigue—: bacalao a la vizcaína con arroz blanco. Lo hice con mucho cariño para usted, que se lo merece. Espero que lo disfrute mucho. Nos vemos mañana.

—Adiós, Benita, gracias por todo, que Dios te lo pague.

—¡Que así sea!

Es la una de la tarde. El día se está aclarando dejando entrever un poco el sol. Todos se han marchado. Cornelio coloca su butaca de descanso cerca del área de la piscina. La silla está entre sol y sombra, entre pasado y presente, y él, deambula entre recuerdos y olvidos.

En ese instante escucha un ruido en el patio. Cree que es alguien saltando sobre la verja. Con mucho esfuerzo se pone de pie. Siente pánico y a la vez un fuerte dolor en la espalda, dificultad para respirar y un gran mareo. Luego…

Carmela regresa temprano a la casa. Llega cansada de las mismas tiendas, de las mismas vitrinas, del café hecho por baristas. Abre la puerta, escucha música, pasa directamente a la habitación de Cornelio, pero no lo encuentra. Va hacia la sala, mira a la terraza. No da con él. Decide ir al área del patio. Cuando se acerca, encuentra el cuerpo de Cornelio flotando en la piscina. Grita con todas las fuerzas. Llegan los vecinos, los paramédicos.

Llama a sus hijos y a Benita. Uno de los vecinos entra a la piscina para tratar de ayudar, pero es en vano. Se unen los paramédicos. Lo examinan. Uno de ellos Le grita a su compañero:

—¡No tiene pulso! ¡No respira! ¡Se encuentra rígido, cianótico! Tiene una laceración y un golpe en la región izquierda de la cabeza.

Lo dejan sobre el agua, flotando como las hojas que han caído del árbol de pana. Nadie tiene duda de la muerte, nadie sabe qué hacer. Solo resta esperar por el fiscal de turno. El fiscal ordena sacarlo del agua para examinarlo. En eso, Benita sube y conecta las cámaras.

—Tomen toda la información relacionada con su muerte. Investiguen la estancia y los accesos a la residencia. Llévense el video del centro de cámaras. Cuando terminen, aquí tienen la orden firmada para transportar el cuerpo al forense —ordena el fiscal—. Quiero un reporte escrito con todas las evidencias del caso mañana a primera hora.

El fiscal se dirige al sargento:

—Dícteme los hallazgos encontrados.

—Un cadáver flotando en la piscina de la residencia, en estado rígido, con evidencia de trauma y laceración en la región parietal izquierda, color morado desde el cuello hasta la cabeza. Los accesos de la casa no han sido violentados y no hay evidencia de arma homicida ni rastro de sangre por ninguna parte de la casa. No hay testigos. Aparentemente el hombre estaba solo durante el incidente. El tormentoso atardecer se ha ido dejando entrar la noche. Durante todo este proceso, Carmela no puede evitar tener en la mente el plan que Alejandro le había propuesto. *No creí que él pudiese llegar a tanto.* Lo llama para increparlo. Él, presa de un nerviosismo delatador, le dice que desde la mañana se encuentra haciendo unas diligencias con su padre; que fue a la una de la tarde a buscar unas herramientas que se le habían olvidado, que Cornelio fue quien le abrió y que apenas estuvo cinco minutos y se despidió de él. Benita no puede dejar de pensar que todo esto ha sido producto de una mala hazaña de

Manolo. Lo llama y le notifica la muerte de Cornelio:

—Fui a la casa a las 1:30, como lo convenido. Toqué a la puerta y nadie me contestó, traté de mirar sobre la verja y no vi a nadie, así que me fui.

Espero que a Pepe no se le haya ocurrido venir a la casa, piensa el hijo pródigo.

Al quedarse solos, se une en un abrazo con su familia para llorar la muerte de Cornelio.

Capítulo 15

La noche pasa su tristeza a la mañana. En la casa se encuentra una compungida Carmela junto a toda su familia, y a un selecto grupo de amigos. En el ambiente domina la ausencia de Cornelio. Aún queda en la atmósfera el aroma del tabaco. El sillón reclinable tiene impresa su silueta. Parece un fantasma acusador.

Al escuchar el timbre de la puerta, Benita abre y se encuentra con miembros de investigaciones especiales de la policía, quienes traen una orden de cateo. Los hace pasar y los lleva donde Carmela.

—Soy el sargento Rodríguez y él es el detective Pérez. Lamentamos mucho la pérdida de su esposo.

—¿A qué se debe su visita? —dice Carmela con el aturdimiento de los medicamentos para los nervios.

—Venimos para continuar la investigación de los hechos y corroborar las evidencias obtenidas ayer. Encontramos que a la una de la tarde de ayer vino a visitar esta residencia el señor Alejandro Pieronni. ¿Me puede informar la relación que tiene con la familia y cuál fue el motivo de su visita?

Carmela, nerviosa y con voz entrecortada, responde:

—Él presta servicios —hace una pausa y agrega—… en los arreglos de la casa. Vino a buscar sus herramientas.

—También aparece un tal Manolo Peralta, quien visitó esta casa a la una y treinta de la tarde de ayer.

Benita, asustada, interrumpe:

—Es mi compañero desde hace tres años y está a cargo de la jardinería y de la plomería. Venía para hacer un arreglo en la cañería de uno de los baños.

—Necesito que me den sus teléfonos y la dirección de sus domicilios para interrogarlos —continúa el Sargento—. ¿Conocen alguien más que frecuente esta casa?

—Nadie —contesto Benita— y quiero añadir que a don Cornelio le daban unos fuertes ataques de angina de pecho.

—¿Y quién es Manuel del Valle?

—Es el esposo de mi hija María —contesta Carmela.

Los oficiales, durante la inspección del patio, llegan hasta la pared del fondo del patio. Encuentran rastros de pisadas en las paredes y en el césped. En el suelo hay una soga amarilla. El oficial Pérez toma fotos y huellas dactilares.

El sargento Rodríguez no deja de preguntar inquisitivamente el porqué no grabaron las cámaras.

—¿Quién está a cargo de este equipo?

—Nadie —contestó Benita.

Apagué las cámaras porque Manolo me lo ordenó.

—Cuando estén los resultados de la autopsia —añade el sargento—, serán llamados para los consabidos informes.

Capítulo 16

$\mathcal{H}$an pasado lentamente los días desde la muerte de Cornelio. Él había dejado pagos los arreglos para su cremación y los servicios fúnebres. Hoy sus restos serán entregados a los familiares; serán expuestos durante un lapso en los actos fúnebres. Es sábado, han pasado cinco días desde la muerte. Este percance ha dado el tiempo para que Lorenzo llegue desde Angola.

Toda la familia se encuentra reunida, en realidad casi toda, porque falta Lucía, quien no pudo conseguir los permisos eclesiásticos para asistir al sepelio. La misa es oficiada por el padre Juan, su confesor. Las remembranzas se le asignan al arquitecto Lawrence, amigo íntimo de Cornelio, quien también da las gracias por la asistencia y condolencias a todos los presentes en nombre de los familiares. Los rostros de los presentes revelan tantas emociones: desde tristeza, hasta sorpresa e incredibilidad.

Hay un olor a flores en el salón, por alguna razón las flores de los sepelios huelen diferentes a las de las bodas. Por más lindos que sean los arreglos, no es lo mismo. Al final de la actividad, le entregan la urna con las cenizas a Carmela quien, junto a sus hijos, se traslada al club náutico en donde los espera un amigo de la familia con su lancha. La abordan y se dirigen mar dentro. En el horizonte el cielo pintado con rayos crepusculares de un sol en su ocaso, parece que conspira contra la solemnidad del momento. Cuando llegan a una distancia razonable de la costa, Carmela abre la urna. Se hace una oración. Luego, lentamente, tiran las cenizas sobre las aguas. Muchas lágrimas caen al mar, pero el mar no las reconoce. Carmela dice con voz entrecortada: "Perdóname…". La tarde se oscurece. Regresan todos en silencio de esos que se cuecen en los ojos de los huracanes. Llegan y de inmediato se retiran para sus respectivas alcobas.

En la noche, después de la cena, se reúnen en la sala para compartir con Lorenzo. Es bien notable la ausencia de Cornelio. Todos están callados. Lorenzo rompe con la solemnidad del momento:

—Siento no haber podido venir en los últimos tres años a ver a mi padre en vida. Cuánto me arrepiento. De niño recuerdo las veces que compartimos juntos la pesca, el golf y los fines de semana en la finca. A Lucía y a mí nos dedicó siempre ese amor paternal intenso. Quizá no me crean, pero lo amaba mucho.

—¿Cuánto tiempo estarás con nosotros? —le pregunta Nicanor.

—Unos pocos días. Tengo que regresar para cuando hayan terminado la construcción de una escuela para niños desamparados. Recuerda que ellos compensan mi soledad desde que quedé viudo a temprana edad. Ahora dedico mi vida al Señor siguiendo los pasos de José María Escriba.

—¿Y cómo está tu mamá? —pregunta María.

—Como ya saben, se casó con un empresario italiano, un aventurero, se la pasan viajando, a duras penas la pude ubicar en Francia para darle la noticia. Se puso muy triste cuando le relaté lo de papá. Les envía su condolencia. Le fue imposible hacer los trámites para llegar hasta acá y estar con nosotros.

—A mí me gustaría que te quedaras por más tiempo, para que disfrutes de tus hermanos, como hubiesen sido los deseos de Cornelio —dice Carmela.

—Hermano, sabrás que a pesar de la distancia, nosotros sentimos mucho cariño hacia ti y te queremos —dice María.

—Es recíproco ese cariño —responde Lorenzo—, pienso mucho en ustedes, están siempre en mis oraciones —después de un largo silencio, les dice—: Ya es tarde, quiero que me excusen, voy a retirarme. Sé que ustedes también están muy cansados. Nos vemos mañana. Que descansen.

—No se olviden de la cita con el abogado mañana —finaliza Carmela.

Bocanadas

Capítulo 17

Carmela, junto a sus hijos, se dirige a la hora citada hacia el bufete del licenciado Feliciano. La secretaria los hace pasar al despacho.

—No saben lo mucho que he sentido la muerte de Cornelio. Además de ser mi cliente, fue un gran amigo —comenta el licenciado—. Tomen asientos. Aquí tengo el testamento y una carta sellada dirigida a ti, Carmela.

"Hace un mes me citó a su casa para ultimar lo del testamento y se veía muy animado y contento. Veo que falta Lucía, me imagino que estará en España —aclara la garganta, y continúa—. Necesito que ella me envíe un poder legal autorizando a uno de ustedes para disponer de su legado.

"El testamento es sencillo, a cada uno de sus hijos le deja una propiedad. A ti, Carmela, la casa en que resides más la finca en Utuado. Como saben, él dejó un seguro de vida, además de sus ahorros bancarios cuyo total les estoy entregando en este informe".

Discutieron todos los pormenores, estuvieron todos de acuerdo, firmaron los trámites legales y luego se despidieron. Carmela está deseosa por llegar, para leer la carta, una vez en casa, se dirige a su cuarto, abre la carta. Se percata de inmediato que no tiene fecha.

Carmela la lee como quien lee una sentencia, entonces llora como nunca antes.

Bocanadas

Capítulo 18

*T*odavía reina el desasosiego en la casa. Han pasado dos meses de la muerte de Cornelio. Todos se están adaptando a vivir sin él. Es temprano y Carmela está saliendo de la piscina después de haber hecho sus ejercicios matutinos. Su vida es eso: ejercicios, agua, aire, nada… Escucha el timbre de su celular. Lo contesta.

—Mamá, acaban de pasar por la tele que ayer fueron arrestados José García, alias "Pepe el Elefante", por estar relacionado con la muerte de papi, sus huellas coinciden con las halladas en la escena del crimen. El hombre tiene historial delictivo por robo, uso ilegal de armas, drogas, y asaltos en la urbanización Las Mercedes y zonas aledañas. Sin embargo, él ha involucrado a Nicanor. Los investigadores también interrogan a Manolo Peralta y Alejandro Pieronni.

Carmela pone cara de espanto, no dice nada, tiembla, está pálida y sudorosa, se deja caer en una silla como si el peso de todo un planeta estuviera sobre las cuatro patas de madera. Fue en ese instante que reconoció lo superficial de su vida, lo inocuo de sus rutinas, y lo vieja que se sentía de repente.

A partir de ese momento, todo se transformó en sospechas y acusaciones. Todos parecían culpables, incluso ella. Cuando media el dinero, la moral se corrompe.

Cuando Carmela pensó que las cosas no podían ir peor, un programa de televisión se apropia del caso de la muerte de Cornelio y lo convierte en su noticia principal. A partir de ese instante, su mundo se instala dentro de una vorágine de cuentos, de caminos y teorías descabelladas. Lo que no espera Carmela es que Benita se convierta en el centro de las entrevistas. Es ella quien da declaraciones injuriosas en las que vincula a Carmela con Alejandro. Es ella quien pinta a una mujer sin escrúpulos que engaña a su marido y luego lo mata. Ella lo escucha todo, y en su interior sentencia que, en efecto, ella había matado un poco a Cornelio.

Capítulo 19

*D*espués de despedir sin contemplaciones a su mucama, Carmela se hace cargo de las tareas de la casa como si con esto aplacara un poco todas las tristezas que hay en el ambiente. Limpiar es como pagar una sentencia que sabe que no tiene caducidad.

A través del informe del investigador ha constatado que ella fue solo una más en la vida de Alejandro. Entonces evalúa las visitas al santero y a la adivinadora como tontas e insustanciales. Un tiempo perdido que ahora la agobia constantemente. Trata de asimilarlo todo y termina por pensar que en efecto tiene un "muerto" y que este es el espíritu de Cornelio.

La tarde del lunes recibe una llamada. Después de varios meses de investigaciones y acusaciones, se había determinado que la muerte de Cornelio había sido accidental. El informe forense fue contundente. La muerte se debió a un infarto masivo y una contusión que le produjo un hematoma en el cerebro. Cuando cayó a la piscina, ya estaba muerto. Reportan los patólogos forenses, porque no encontraron agua en sus pulmones. Fue una muerte lenta causada por el abuso del alcohol, los problemas de presión alta, la diabetes, un siniestro resbalón, el dolor en el pecho, el terrible dolor, la falta de aire, el miedo, la desesperación. Las autoridades exoneran a los demás sospechosos.

Carmela busca en la casa la cajita donde tiene guardada la carta que le había dejado su esposo. La abre, como lo ha hecho decenas de veces, la lee, como la ha leído tantas veces. Llora al lado de la piscina.

El viento se lleva las gotas; estas caen al agua y forman círculos concéntricos.

Mi querida Carmela:

Si estás leyendo esto es porque ya no estoy. Aunque la realidad es que hace tiempo que no he estado contigo. Uno se ausenta de tantas cosas, pero lo peor es que se ausenta de la vida antes de morir. Yo siento que he estado muerto hace muchos años. Y lo peor es que te he involucrado en este sepelio diario que no tiene responso. Quizá pienses que me refugiaba en la terraza, y de hecho, así era. Esa parte de la casa me servía de refugio, pero también era un punto de vigía desde el que veía todo lo que ocurría en lo que consideraba mi hogar. Sé bien que mi hijo está en malos pasos, pero cómo puedo juzgarlo si yo soy un alcohólico. Sé bien lo que es levantarse todos los días con esa necesidad de fumar y beber. El cigarro se convierte en tu amigo; el alcohol, en tu medicina. Me he curado de este futuro mío en el que solo veo sueños convertidos en cosas, sueños que no tienen alegría.

He sido un buen hombre, pero como dice un escritor del sur, he cometido el pecado de no ser feliz. No puedo explicarte cómo ocurrió esto de abandonarme y abandonarte. No entiendo cómo de un día para otro dejamos a un lado la urgencia de ser felices. Porque si hay algo de urgencia en la vida es la felicidad. Pero nosotros hemos sustituido este noble sentimiento por cosas materiales.

Desde este bastión me pareció, y quizá solo fue una interpretación mía, que mirabas de reojo a alguien más joven y guapo que yo. Al principio me dio rabia, pero luego lo acepté porque al fin de cuentas, yo no he podido satisfacerte. Por momentos me enfrasqué en el terrible juego de pensarme un poco Alejandro. He visto también cómo mi familia está dispersa. Tenemos hijos buenos que apenas sobreviven en este mundo de contubernios y materialismos, pero son nuestros hijos y hay que apoyarlos. Los hijos no tienen que ser lo que queremos que sean, simplemente ellos son lo que son.

He pensado mucho en la España de mis abuelos y mi padre. Dentro de aquella austeridad se vivía porque la gente aprendió a vivir con lo que tenía. Nosotros vivimos con lo que no tenemos, siempre deseando ese algo no poseído, postergamos ser felices. He querido ser aquel hornito que se ponía debajo de la mesa del comedor para calentar las piernas frías; he querido ser las castañas que entibiaban los bolsillos, he querido que la cama extensa se achique para tenerte más cerca y poder dormirme con ese suave susurro que emana de tu nuca.

No te culpo; en realidad ni me culpo. La culpa no pasa el centro de cotejo de los que nos vamos. Te llevaré siempre conmigo, echaré de menos los gratos momentos de felicidad que me brindaste. Estoy muy agradecido por todas las atenciones que me dedicaste durante los peores momentos de mi vida. Te estoy dejando un dinero, lo acumulé de las rentas y de la pensión. También te entrego joyas de mucho valor sentimental para mí, las cuales fueron heredadas de mi familia, para que dispongas de todas ellas como mejor te plazca. Todo esto se encuentra en una caja de ahorro dentro del botiquín del medio en el baño de mi habitación. El modo para abrirlo es apretar con fuerza los espejos laterales. Entonces se abrirá la pared del fondo. Para abrir la caja de seguridad debes saber que la clave es la fecha de nuestra boda, perdona lo clichoso.

Quiero hacerte un pedido especial: vela por Nicanor, ya que no lo hice cuando más me necesitaba. Te aseguro que siempre estaré contigo, sí, suena cursi, pero es así, me acostumbré a ser el musgo que se asienta en las partes húmedas de tu tronco, un musgo suave que todas las mañanas se viste de un rocío que solo ha intentado refrescarte.

Tuyo, Cornelio.

En el patio de la casa hay un silencio casi absoluto, tan solo se escucha el aleteo de los pájaros. Solo eso. De forma súbita, una ráfaga que se cuela entre el ramaje de los árboles hace que del árbol de pana, se desprenda una hoja seca que gira lentamente alrededor de la terraza, yéndose a posar en la butaca reclinable que se encuentra entre sol y sombra al lado de la piscina.

SOBRE EL AUTOR

Realizó sus grados superiores en el Colegio San Antonio de Isabela. Hizo su Bachillerato en Ciencias Naturales en la Universidad de Puerto Rico, y posteriormente se trasladó a España para estudiar medicina en La Universidad de Salamanca. La Especialidad en Urología la hizo en el Centro Médico de Puerto Rico. Nieves Valle divide su tiempo entre grandes pasiones: la pintura, la medicina y la literatura.. Actualmente trabaja en su tercera novela y en un libro de relatos.

Bocanadas

Esta segunda edición de *Bocanadas,* de Luis Nieves Valle, se terminó de imprimir en Puerto Rico, en el mes de enero de 2016.